陳秀珍

台華雙語詩集

陳秀珍──────著；李魁賢─────譯

生命的支點

林鷺

　　如果身體是精神的載體，那麼兩者之間必定有一個支點，生活才可以迴轉生命轉折起落的空間。並非新秀的新秀詩人陳秀珍，在一場突如其來的車禍中，少了一隻健全的腳，身體因此失去平衡，「才醒悟／原來腳是生活重要支點」；當「別人靈動的腳／成為我的下肢」才「猛然發現／親友是我生命／最重要支點」。「腳」與「親友」於是彰顯出「生活自主」與「精神協調」的重要性。

　　陳秀珍近幾年來以火山爆發的能量，在詩的展場表現讓人驚歎。她雖然敏感而纖細，多情而婉轉，詩的語言相較於多數具有中文系背景的詩人而言，卻給人從古典詩詞脂粉黏膩的澡池裡淨身，從虛無風花雪月的無形鎖鏈中鬆綁的特色。在創作的題材上，陳秀珍傾向以單元主題為中心，多方延伸生活觸角的織線，編織她有如蜘蛛網般的情境網絡。

《骨折》47首詩的呈現，正是這樣的架構。

這本詩集的內容，從一隻腳的骨折進入醫院「感覺自己是被編號維修中的故障品」（見〈內面的風景〉）的脆弱情緒，到更珍惜另一隻腳，和「腳無法代替手畫圖製陶／無法替癡人獻花寫情詩」的完好雙手中，透露出她看待生活的方式，即便感嘆「房間是身體的牢房／身體是靈魂的牢房」，仍不忘自我提醒「堅固的牢房／卻是健身房」的意志力（見〈幸好〉）；從「雙腳和兩腳枴杖／必須妥協出／一個不會失足的平衡點／不習慣和枴杖合作的雙腳／必須改掉天生孤僻癖性」（見〈四腳聯彈〉）的感受，轉換成詩人對於如何經營人際關係的觀點，到「長久沒連繫的愛情／是否也會變形／成為無法預測的形貌」的牽掛（見〈變形〉）；從「從來沒有如此想念／高跟鞋的高音／敲出美妙節奏／禮讚健康雙足」的渴望（見〈從來沒有如此渴望〉），到「當意志無力／當隱形翅膀斷裂／就依賴上帝」「披一頭亂髮／過減法新生活」（見〈新生活〉）的妥協。

當骨折慢慢痊癒，詩人卻反過來投身為密切相處的枴杖，說：「被你的指印紋身／被你溫暖的手緊緊握住／是枴杖的／幸福」。她畢竟還是丟下枴杖，終於開始練習正常的走路，比〈枴杖的幸福〉還幸福的說：「把心安放在走路／感覺地面／被溫柔按摩／像在談戀愛」、「遇到我／你不必讓路／因為我正在練習／正常走路」（見〈練習走路〉）然

而，從作品〈啟程〉到〈骨質〉，我們閱讀了陳秀珍美麗曲折的苦戀意象。對於這位有著「腳帶領我／身體離開你／心留在原地／反覆閱讀你／晦澀的腳步聲／你是戀人／還是獵人」（見〈腳步聲〉）的迷離，藉「大腿骨折，寫詩止痛」的詩人而言，寫情之難言，恰好是詩擺脫支點，因傾斜而產生美感的關鍵。

　　詩創作的原動力經常來自生命的無奈與情感的困頓。這種本然存在的缺失性體驗，卻是點燃情思烈焰的火種。陳秀珍骨折帶給她生活樣貌的改變與感情的投射，基調簡約，語言樸素，讀者閱讀她的詩作，雖然並不需要經過太多的摸索，但是她能夠熟練地把根植於現實的詩思，賦予自然流暢的聯想與寓意，卻不失含蘊詩質的美感，確實是一位優秀且可以繼續期待的詩人。

【自序】

拒絕骨折人生，從骨折中站起……

陳秀珍

　　2016年6月14日近午，我在一場車禍中髖骨骨折，在豪雨中坐地不起，從此人生變藍色……

　　半身麻醉、開刀住院，面對肇事者唬弄、敷衍、卸責……，種種人性黑暗面，出院時用一萬元要我簽和解書，更是二度傷害，我的人生變灰色……

　　囚在沒電梯的公寓三樓長達數月，只剩床到浴室一條路，腳無法使力，藉助四腳助行器，回診還要請救護車抬上抬下，我的人生好黑暗，卻還要進行我完全陌生的法律訴訟，我的人生裂縫需要微光……

　　我在黑暗中的光，就是一句一句的詩，我在病中的藥，就是一首一首的詩。藉由不斷寫詩，我才度過那段黑暗、發霉的時日！

　　如今我把這些詩集結成為《骨折》組詩，這本書在我創

作過程具有里程碑的意義。此前我就有不少組詩，但都還沒有像這樣大型的組詩。全書圍繞同一主題──骨折。

　　詩，實是人生中最美好的禮物！身陷困境，詩成為心靈的柺杖，成為骨折人生的支點，我終究以詩平衡了傾斜的肢體與人生。對我來說，這是一本珍貴無比的詩的紀念冊。

　　感謝詩、文、評論俱佳的女詩人林鷺為拙著寫序，她總是不斷鼓勵我，我非常珍惜這樣的知音！

　　感謝不斷督促我的李魁賢老師，建議我把骨折寫成一本詩集，更感謝他的台語翻譯！但願我將來有能力用母語寫詩！

2017.12.28

骨折──陳秀珍台華雙語詩集

目次

骨折——陳秀珍台華雙語詩集

華語語品

卷一

支點

上下樓梯
別人強壯的軀體
是我脆弱心靈的柺杖
別人靈動的腳
成為我的下肢

只在試新鞋才感覺存在的腳
在劇烈疼痛
向現實縮腳時
我才醒悟
腳是生活重要支點

像雙人舞伴的雙腳
左腳感到空前孤單
右腳感覺懸空的悲哀
當我用左腳獨立思考
朋友用純淨似水友誼清洗我
痛且怕發炎的傷口
親人扶起我
傾斜的六月天空

車禍醞釀無邊黑暗
我本能推窗尋求陽光

猛然發現親友

是我生命

最重要支點

2016.06.24

腳

硬骨撞出裂痕
人生亮起紅燈
我的右腳止步
在阿勃勒盛開的夏天

助行器謹慎帶出每一步
像寫絕句的每一個字

骨折的右腳疏鬆了人生
躺在床上我開始想像
當右腳再度接上地氣

我要讓右腳好好帶領左腳
踩穩每一天

我的腳行過黑影的昨日
要走過面前的崎嶇路
也要踏上陌生國度

傷痛過的腳
如今不止要用來走路
也要越過障礙開始跳舞
若你能給我一陣鼓聲更好

2016.07.06

疼痛把我變成公主

囚禁三樓
助行器取代右腳
在室內移動身體
像移動一座童話城堡

被動慢活
使我有機會觀看窗外
盛開的阿勃勒正被風雨撕落
我來不及數算花瓣
你到底愛
不愛我

長髮公主的心情
就是我的心情
我不耐煩
將一頭烏髮留成一條銀色長索
我等不及近視的王子
發現我

腿部抽痛時
我想到人魚公主
把尾巴裂成雙腳
走向王子
每一步

每一個舞步

每一滴血

都是愛

唯有痛

唯有劇痛

才能彰顯愛情的尊榮

愛是無形嗎啡

童話是微量嗎啡

當現實陣痛時

2016.07.08

腳短路長

腳不長
行過不短的路
因為自卑
時常藉助高跟鞋

老是在趕路
老是在尋求
距離妳最短的路
走過許多曲折小路
走過不少冤枉路

發現直線不一定是
距離妳最近的路

腳不能後退
才回顧遺忘多時的歷史
腳不能前進
才渴望瘋狂跳舞
腳確確實實跳過童年的跳房子
也踩過太平洋的風浪

腳時常不能走自己的路
是風太強或者腳不夠堅強
腳總在遇到北風時轉向
在濃霧裡迷惘
在戀愛中失去方向

為了走出一條
不一樣的道路
腳必須不怕被亂石絆倒

2016.07.11

蓋印

原本帶領整個軀體
在家稱王

右腳此時
縮著像一條多餘的尾巴
一整個夏季都要
如此尷尬存在

從來沒有如此渴望
一整個夏季從生命中消逝

傷痛著　沉默著
休養著　修練著
骨折的腳耐性等待
一個神聖時刻
對地面蓋出
第一個愛的印章

2016.07.13

鞋

鞋是牢籠還是皇宮
或是腳的皇冠？

鞋櫃晾著
供著
兩雙失去體溫的高跟涼鞋

妳一向只看鞋
沒有看見腳
妳很愛鞋
想帶鞋多見見世面

不想讓鞋一直宅在鞋櫃
或一直罰站地面

有些鞋怕毀壞被妳遺棄
有些鞋希望擁抱天空自己飛
有些鞋比妳還出名
有些鞋堅持尺寸和硬度
妳要體貼鞋還是讓鞋適應妳？

人魚公主
注定穿不了灰姑娘的玻璃鞋

2016.07.13

畫面
──致芙烈達‧卡蘿*

躺在醫院病床
我的形象和妳的影像
不斷疊合
疊合如紙面印刷不良
兩隻蝴蝶

妳有一雙最好的手
和不幸的腳
我愛妳的手
不愛妳的命運
妳靠一支畫筆飛越現實
倘若妳有不同人生
妳會畫出甚麼樣的世界

骨折──陳秀珍台華雙語詩集

妳的畫使我又痛又愛
濃鬱色彩使我感到窒息
妳自畫像裡兩道接吻濃眉
我希望那是可以乘載妳
飛離命運軌道的一雙翅膀

我無法竊據妳的手
也沒有複製妳的愛情或人生
但當我們都不笑時
我們多麼像
一朵拒絕褪色的野玫瑰

隔一層布簾

傳來鄰床女人

抗議雙手被綁架的慘叫聲

我突然覺得她的命運跟妳相似

她堅毅的眼睛

就是妳的眼睛

＊芙烈達・卡蘿（Frida Kaho，1907年7月6日～1954年7月13日）
　墨西哥畫家。

2016.07.13

分割

我一邊看撞壞的腿
一邊對命運說
幸好沒撞壞
明天的太陽

時間分割
一個陽光猛烈的上午
一個突然下大雨的下午
一個騎自行車去開會的白天
一個躺在急診室等候開刀的夜晚

城市分割
病房外邊生日蛋糕店
病床右邊兩床骨科老病號

人生分割
一床的病人
歡喜忙出院
二床的病人
等待換到被陽光親吻的病床

二床九十多歲老阿媽

一下活在現實一下活在歷史

有時和人對話有時獨白

有時既是對話也是獨白

一下日本兒歌一下台語歌仔戲

偶爾捲舌對外傭說半句華語

不知她的世界被分割成多少塊

老阿媽不時言語

把我引渡到她意識流的世界

讓我得以暫時逃離現實

老阿媽不斷訴說

雙手不要被綑綁的願望

老阿媽抱怨

神明耳聾沒聽見老人心願

2016.07.14

助行器

開刀住院
走路依靠助行器
人生只剩
從病床到浴室一條路

鄰床阿媽
踢腳吐口水反抗被綁
反覆求神求佛
求觀音媽菩薩鬆綁雙手
連骨折的我經過
也被當神苦苦哀求

偶爾阿媽的祈禱被眾神聽見
外傭用輪椅推阿媽到樓下繞一圈
阿媽回來病房謝天謝地
謝謝外傭帶她到美國玩了一圈

出院
我帶枴杖上救護車
腳是身體的助行器
枴杖是腳的助行器
救護車是枴杖的助行器

助行器

只能在現實土壤導航

再厲害的助行器

遠遠比不上九十二歲阿媽

驚人想像力

2016.07.14

被偷走的

臉書　腳踏車　每周定時聚會
陽光　西北雨　窗外盛開的阿勃勒
所有可預期的日常
一瞬間變得遙不可及

從一個軌道被撞到另一軌道
從一個星球被撞到另一星球
我感覺被偷走一段人生

出院回家後
只剩一條路

從住家到醫院

人生的幽徑祕境

統統禁止我通行

像釘入腿部三支鋼釘

固定股骨不使移位

生活傾斜時　我用詩來平衡

人生乏味時　我用詩來調味

愛情空白時　我用詩來塗繪

一個意外的六月天
一個遺失的夏天
我亟需詩來急救

2016.07.14

一個人的旅行

一個人
可以旅行到撒哈拉沙漠
我只旅行在一條
住家附近每日必經街道

一個人
可以旅行到冰天雪地
我只想旅行
在詩人小小溫暖心房

通常

我獨自旅行

在我陽光充沛的臥房

現在我卻抵達

鄰近卻陌生的地方

醫院病房

我人生旅途小站

某些人的起站或終站

因為意外

我忽然來到這裡

和人意外相遇
切斷一切習慣的日常
時間變得漫長難耐

我努力尋求
讓我忘掉人在醫院的景點
臨床老阿媽不時傳來
和人和神和虛空對話
我無意間闖入
阿媽充滿神話色彩的有聲書世界

醫院意外成為現身說法的故事館
耳朵是故事採集器
我的看護成為我的說書人
讓說不完的故事
填滿我發生事故的黑色時間

雖然我愛故事
但我不愛這個故事館

2016.07.26

四腳聯彈

雙腳和兩腳枴杖
必須妥協出
一個不會失足的平衡點
不習慣和枴杖合作的雙腳
必須改掉天生孤僻癖性

心渴望飛
騰空之前要先能行走
行走之前要先能移動
像初生小牛艱難站起
跨出歪斜第一步

培養四腳聯動默契
失眠的腳在客廳練習
如何進退得宜
如何才不左右為難

醫囑受傷的腳不可太出力
要下幾分力
像說話輕重一樣難以拿捏
會思考的腳須能屈能伸
配合剛正不阿的前導柺杖

盛夏夜半
雙腳踩出一片蛙聲蟲鳴
夜空弦月
傾聽我午夜極慢板四腳聯彈

每一個移步背後
有多少肢體的關愛
有多少雙手的努力啊

2016.07.29

跪

為了終於能跪下
我跪著祈禱
感謝主

跪在床鋪
如飄浮雲端

失去下跪能力
腳開始思念屈膝姿勢

男人向女人告白
雙膝一跪
引爆親友團歡呼
跪的力量勝過雙唇開合

跪下來
親吻腳下泥土
鄉愁獲得紓解

跪下來
告解懺悔

把心中罪惡的石頭
丟給神父

跪下來
向天向地說謝謝
讓天讓地更疼妳

跪下來吧
跪下來的可能是主人
不是奴隸

2016.07.29

夏日時光

我被兩根枴杖挾持
囚禁公寓三樓

早起的男男女女
在窗外公園拉筋打太極
一隻黑貓穿行綠地
夢遊般叼走一小段晨光
夏天像霧
緩慢飄移

我歪在床上吹冷氣
像一株傾倒的仙人掌
陽光硬是穿窗進房
為我全身日光浴
一隻曬昏的野鴿
飛來敲窗

聽說颱風又將來襲
我豎起耳朵聽到
不知是冷氣機在呼吸
還是風雨在哭泣

白晝靜看阿勃勒

風雨中像黃蝶分飛

夜來燈下樹葉搖晃

一片魅惑波光

我求颱風勿盜走農夫果實

請颳淨我心中妄念的雲層

我旁觀一切景象

畫面漸次褪色成為黑白默片

我日夜緊抱平板電腦談戀愛
我用食指在面板寫象形文字
平板成為我最熟悉的臉譜

夏日
請為我開出最後一朵紅玫瑰

2016.08.01

從來沒有如此渴望

開始訓練傷腳使力
從來沒有如此專注
如此有意識
在沒有地標的室內行走

從來沒有如此想念
高跟鞋的高音
敲出美妙節奏
禮讚健康雙足

從來沒有如此渴望
讓我微笑
裝飾你荒蕪的夢

一步一步
延伸一條通往你的道路
一個碎步一個碎步
逐步收復失土
雖然我的領土
只是從住家到菜市場

從來沒有如此
如此渴望收復金色陽光
玫瑰花香
以及一隻黑貓
對我致命的渴望

2016.08.03

新生活

受傷的腳回歸簡樸生活
沒有黑絲襪紫色高跟鞋
只一雙夾腳拖鞋

食道不識菜肉滋味
剩流質和水果

身體捨過旗袍洋裝
剩一身T恤短褲

柺杖導引我
在地板敲出
柔情又豪邁馬蹄聲

耳朵暫別交響曲
找到二胡細訴心曲

當意志無力
當隱形翅膀斷裂
就依賴上帝

披一頭亂髮
過減法新生活

                            2016.08.04

为了……

我每一步
都在靠近你

你迎向一道光
多麼急切
你逃離暴風雨
多麼迫切

啊，你不是這樣的人
是骨折的關係
讓我曲解你

我這麼說
還是
為了靠近你

我寧可逆光
挺進暴風雨
擁抱你

2016.08.04

骨質疏鬆

骨折後
天天補充鈣片和骨粉
希望
骨頭像鋼筋一樣剛強

我試著抬頭挺胸
像一棵
骨骼堅硬
自信的神木
挺過暴風雨

2016.08.04

我很想

拄著枴杖

我無法和你玩

捉迷藏

我很想

很想趁你不注意

從背後拍拍你

看你又氣

又不敢生氣

但我的枴杖會出聲

破壞這詭計

偷偷接近你
是我天大樂趣
現在我只能戴面具
公然靠向你

2016.08.05

練習走路

專注練習走路
雙腳變成兩顆念珠
不再趕路或被路人趕
雙腳移動
是一種動禪

把心安放在走路
感覺地面
被溫柔按摩
像在談戀愛

把地面當稿紙
腳在上面凝思
走過幾番風雨
用象形文字表述

我正在練習走路
像我未曾走過路
遇到我
你不必讓路
因為我正在練習
正常走路

2016.08.06

腳步聲

讓悅耳腳步聲
走進夢裡
掩蓋骨折聲

戀人腳步聲靠近
因喜悅而緊張
戀人腳步聲逼近
趕走噩夢帶來平安
戀人腳步聲遠去
頓失依靠深感恐慌

獵人戴戀人面具
發出獵物氣味

腳帶領我
身體離開你
心留在原地
反覆閱讀你
晦澀的腳步聲
你是戀人
還是獵人

從我來去的腳步
你又讀懂甚麼聲音

2016.08.06

停下腳步

停下腳步
為了走更長更遠的路
也可能在找更近更美的路

夜路難行
險路難行
思路難行
人際網路寸步難行

繞道迴避情路
卻遭路標戲弄

條條道路通羅馬

步行　騎車　搭機

沒有一條抵達你的路

總在路盡頭回顧

不知該不該走回頭路

總在十字路口止步

讓紅綠燈決定前途

忙碌的腳走過不少路

盲目的腳追隨過不少腳步

麻木的腳有多少路是為自己走

時間有時候將舊路抹除

將前路封死

想像的翅膀趁此時振翅飛走

2016.08.07

仲夏夜之夢

畫伏
夜不出
我在自己的洞穴閉關

夜行性動物
在有風的夏夜
在黑暗巢穴
來回踱步訓練腳力
柺杖是我有力的擁護者

我看見窗外公園
夜夜燈下散步的男人
散步的男人卻看不見我

像一場夢
我看見你
你卻看不見我的夢

2016.08.09

你在哪裡

躺著　夢你
坐著　想你
站起來　想要走向你

躺著做夢　看見你微笑
坐著想你　聽見你呼吸
站起來去尋你　不知該走向哪裡

唉
躺回夢裡去問你
你到底在哪裡

腳忘記自己骨折

無法下樓梯

2016.08.09

接軌

X光看到
股骨上一公分裂痕
我受傷的腳
無法跨越
到正常生活軌道

所有努力與努力休息
全為與正常生活接軌

我貪睡
因為夢裡才能遇見你

若夢與現實無縫隙
一覺醒來看見你
正用不眠雙眼凝視我
我會分不清身在夢外夢裡

像要抱住一顆下墜的落日
那是求之不得的幸福

2016.08.10

二泉映月

彷彿有一條隱形線
牽引我找尋與心相印聲音

阿炳的二胡琴音
彷彿源自古代
幽暗廟埕或盲腸小巷

阿炳和我都沒料到
他拉出琴聲會傳進六十多年後
一雙迷戀西方古典的耳朵

神祕哭腔

哀淒聲線

像他滄桑人間的身世

愁緒層層堆累

愁緒層層冰解

最終發出水上映月

寧靜聲音

阿炳的〈二泉映月〉

分明拉我心弦

讓我忘記股骨

一公分傷痕

2016.08.10

自轉

X光每月審視　照相　記錄
對我觀察入骨
X光像閨密一樣
關心我

我必須
學習不抗拒坐輪椅
學會感激有你為我推輪椅

倘若我重到
像一顆石頭
我請你放手離去

一張輪椅

必須向地球學習

自己轉動

2016.08.10

隱隱作痛

醫生把三支鋼釘
釘入我腿內固定股骨
想到異物入侵體內
我的腿便隱隱作痛

是誰把你釘牢在我內心
使我剛強的心隱隱作痛

總有一天
我要拔除你的身影
像拔除腿內三只鋼釘

我不該讓自己習慣
那隱隱的痛

拔除你身影的念頭
竟使我的心
隱隱隱隱作痛

2016.08.10

苦行

在客廳來回練習步行
除了第一趟
其餘都在走回頭路

一場小小苦行
像思緒一樣
明明往前行
卻有一股莫名力量
拉著人走進歷史死巷

埋在歷史的
粉紅微笑

深藍眼淚
是前進的助力或阻力

熟悉的回頭路
是搖晃的浮島
我步步驚心
因為骨折
新鮮的傷口
禁不起再一次跌倒

2016.08.11

幸好

幸好還有一邊是好腳
帶領傷腳起床
幫助傷腿復健

幸好沒傷及手
手拿枴杖
代傷腳行走四方

萬能的手若受傷
腳無法代替手畫圖製陶
無法替癡人獻花寫情詩

房間是身體的牢房
身體是靈魂的牢房
堅固的牢房
卻是健身房

2016.08.11

柺杖的幸福

依偎近兩月
快成為我肢體
四腳助行器
沉默站在牆角

兩腳柺杖
也終將隱入歷史牆角

我極樂意當一支柺杖
陪你渡過凶險江湖
走出黑暗歷史

被你指印紋身
被你溫暖手掌緊緊握住
是枴杖的
幸福

2016.08.11

內面的風景

成為被抬進醫院的人偶
在手術房被半身麻醉
任由醫生整修骨傷

橡膠娃娃缺手斷腳
一邊眼睛眨不動
小女孩用有限醫術診治
用心理醫師口氣撫慰娃娃
「乖乖，不會痛！」

進醫院的病人

感覺自己是

被編號維修中的故障品

健康指標是醫生

醫生和病人

形同巨木與攀藤

病人修復

成為一只聽診器

無意間聽見

好手好腳的完美醫生

心中住著一個
需要娃娃慰藉的小女孩

2016.08.13

兩個時鐘

窗口
像電視寬螢幕
公園裡何時清潔工來掃落葉
何時兒童來溜滑梯
何時小販來叫賣
何時蛙鳴
何時男子來燈下散步
像早已寫好的劇本

你我像兩個
不同刻度的時鐘

誰也無法調整誰
像是無法更改的劇本

夏季開花的阿勃勒
一片花瓣也不留給秋天
作紀念
台灣欒樹繫結黃絲帶
苦苦等你來

懷抱希望的等待
是一粒續命丹

使癡人為等待
一直活下去
不管先來的是天堂
還是愛情

2016.08.13

髮

時間把短髮養長
煩惱把黑髮染白
無健壯的腳可下樓
只好任由亂髮蔓延
腳無法行走
就用長髮跳舞

我猜你偏愛長髮飄逸
但我寧可短髮清爽
等我能去理髮時

就折衷
剪個不短不長的頭髮

到時候
會是兩個都滿意
還是你我都討厭？

2016.08.15

變形

長久不能走動的腳
竟然用力也伸不直
望著這微曲的腳
憂心能否逆轉

長久沒連繫的愛情
是否也會變形
成為無法預測的形貌

用長久沒使用的腳
在街上小心跛行
柺杖竟被背後行人衝撞

瘋狂世界
有瘋狂流速
一旦速率追趕不上
將被洪流沖走

瘋狂愛情裡
兩人如何長久維持
相同瘋狂速度？

2016.08.17

行路難

嘗試把腳
重新踩上舊街道
軟弱的腳找不到一段好路
無力的腳只有更險更難的路

躊躇十字路口
眼觀耳聽仔細思辨
哪一條路沒有猛虎
哪一條路沒有爛泥
哪一條路沒有陷阱
哪一條路將有春風送行

聽說條條馬路通羅馬

但

你不在羅馬

2016.08.19

Blue

不是我
是另一雙手
推開你

不是我
說不愛你
是另一張嘴
借用我的聲音

自從這世界
升起藍色旗幟

藍色像一件束衣緊緊包裹我

藍色素滲進我紅色血液

自稱是我的純正血統

藍色霸佔我

把我藏進陰影

教我躲避太陽

藍色愛我

愛入骨髓

但我唯一愛的藍色
是暗戀太陽的藍玫瑰

2016.08.19

烏龜過街

兔子與烏龜賽跑
不知道該為兔子或烏龜加油

我懷疑烏龜暗中行使催眠術
使兔子在比賽途中死睡

我正在街上
拄一根枴杖
搶在紅燈亮起之前
安全過街道

像一隻烏龜

和綠燈裡小綠人競走

我恨不得催眠整條街

讓烏龜有幾分鐘

變身脫兔的痛快錯覺

2016.08.22

龜兔賽跑

此時甩掉枴杖
身體將徒有狡兔氣焰
腳卻只具烏龜實力

在分秒必爭人行道
我像遭放逐的烏龜

就算不賽跑
烏龜在馬路
完全沒有打瞌睡本錢

我的左腳是兔子
右腳是烏龜
如果讓他們賽跑
誰是贏家？

2016.08.22

啟程

我們之間的距離
如果是沙漠
我會像駱駝
馱著沉甸甸回憶
走過荒地

我們之間的距離
如果是水域
我會克服對水恐懼
拚命游向你

骨折——陳秀珍台華雙語詩集

我想像

我每一步

都在縮短與你的距離

我是這樣在抵抗腳的無力

倘若你也等在原地

或者你也一步一步走向我

我忍受腳痛向你行去

倘若你正在反向背離

淚水和嘆息

將成為我一生
無法穿越的距離

時間正在催逼我
啟程

2016.08.23

柺杖與紅玫瑰

我兩手拄著柺杖走路
如果此時你送我紅玫瑰
我無多餘的手可接受
除非拋掉柺杖

柺杖是我身體一部分
玫瑰是我心渴慕
啊　兩者不能同時擁有

除非

你同意做我必要時的枴杖

我就做你一輩子紅玫瑰

2016.08.29

迷航

我也愛漫步雨霧
但此時請勿下雨或起霧

我已在陽光下迷航
在感情裡找不到羅盤
若有煙雨或霧茫茫
只會教我更緊張

誰能指點我
一個正確方向
像燈塔一般

以往痛恨教科書和答案卷

總是給我唯一答案

現在我虔誠祈求

唯一正確風向

因為

我骨折

無法走冤枉路

2016.08.30

凝視愛情

凝視愛情
從火焰誕生
凝視愛情
從火焰熄滅

愛情
一點點一點點
消逝了　你的眼睛
消逝了　你的耳朵
消逝了　你的鼻子
消逝了　你的舌頭

消逝了　你的身體
消逝了　你的心

凝視烈焰化作灰燼
從灰燼裡走出
一個沒有骨折的我

2016.08.30

保持在等待中

用骨折的腳走路
感覺地球歪掉
有一些些醉酒暈眩
一些些戀愛錯覺

在等待中看到愛
在愛中等待
等待是一道光
讓明天充滿希望

找盡各種理由

使自己保持

在等待循環中

等待骨折痊癒

每天告訴自己

骨頭正在一點點一點點癒合

不會留下痛的後遺症

等不完的等待中

每天告訴自己

等待是值得的
等待的人終會出現
不會留下酸楚的後遺症

等待的終結
是希望的完成
或希望的破滅
等待中交織盼望和淚水
是比甚麼都真實的存在感

2016.08.31

骨質

骨質密度
用儀器測知
骨質流失
吃骨粉補回來
骨頭裂縫
手術固定不移位

愛情蜜度
有儀器可測嗎
愛情流失
如何彌補

愛情裂縫
用甚麼復合

不曬太陽的人
容易骨質疏鬆
陰影中的愛情
暗夜中的愛情
是否也應該經常曬太陽

骨質疏鬆的愛情

穿一身華服

禁不起摔跤

2016.08.31

湖與河

心裡一次一次向你告別
身體還是留在原地
像一個湖泊

曾經滿意自己
是一面幽靜的湖
倒映恬靜的你

你終究是一條
騷動的河

流經我的領域
去追尋海洋的澎湃

湖能突破自己的境界
成為河流或大海嗎

2016.08.31

走不開

一開始
妳走不開
像頑固大石頭
像骨折的我

之後我看妳像流浪貓
繞一株花樹
一圈又一圈
一天過一天

最後
一陣龍捲風
將妳從夢境徹底拔離

妳還在寫詩
要填滿每一個空白日子
還是妳的痛已經痊癒

大腿骨折
我寫詩止痛

希望我和妳

不只為痛寫詩

2016.08.31

台語

語

卷二

支點

在樓梯起落
別人勇壯的身軀
是我軟弱心靈的枴子
別人敏捷的跤
變成我的雙跤

試穿新鞋才感覺存在的跤
在疼到擋不住
向現實勼跤的時瞬
我才發覺
跤是生活重要的支點

親像雙人舞伴的雙跤

正跤感覺空前的孤單

倒跤感覺踏不著土地的悲哀

我用倒跤獨立思考的時瞬

朋友用親像水遢爾清氣的友情加我洗

疼復驚發炎的孔嘴

親人扶起我

歪篙持斜的六月天

車禍帶來黑天暗地

我本能開窗子揣日頭

突然間發見親友

是我生命

上重要的支點

2016.06.24

跤

硬骨撞出劈痕
人生出現紅燈
我的正跤止步
在阿勃勒開到真艷的熱天

助行器謹慎帶出每一步
親像在寫絕句的每一字

骨折的正跤疏軟了人生
倒在眠床頂我開始設想
等待正跤復再接觸土氣

我欲予正跤好好帶領倒跤
在路面穩穩也行踏

我的跤行過黑影的昨方
欲行過面前坎坎坷坷的路
也欲踏上生份的國土

痛過的跤
不止欲用來行路
也要跨越過阻礙開始跳舞
你若會當予我一瞬鼓聲復較好

2016.07.06

痛注我變成公主

關在三樓

助行器代替正跤

在室內徙動身軀

親像徙動一座童話的城堡

被逼慢動作活動

予我有機會觀賞窗仔外

當在開的阿勃勒被風雨拍落

我未赴算若濟花瓣

你到底愛我

無愛我

長頭毛公主的心情
就是我的心情
我無耐性
將皆苞烏頭毛留做一條銀色長索仔
我無耐性等待近視的王子
發現我

跤腿抽痛的時
我想到人魚公主
注一條尾溜劈做雙跤
行向王子
每一步

每一個舞步

每一滴血

統是愛

只有痛

只有足痛

才會當顯示愛情的尊榮

愛是無形的嗎啡

童話是小量的嗎啡

當現實一瞬一瞬抽痛的時

2016.07.08

跤短路長

跤無長
卻行過真長的路
因為自卑
時常穿懸踏鞋

統是在趕路
統是在揣離妳上近的路
行過真濟彎彎曲曲的小路
行過袟少冤枉路
發現直路無一定是
離妳上近的路

跤未應得退後
才越頭看未記得真久的歷史
跤未應得向前行
才想欲跳舞
跤確確實實在細漢時跳過茨
也踏過太平洋的海湧

跤時常無法度行家己的路
是風甚強或者是跤無夠堅強
跤總是在遇到北風時轉向

在濛霧中茫茫渺渺
在談愛情時失去方向

為著行出一條
無共款的路
跤必須不驚被怪石絆倒

2016.07.11

碫（Tng）印

原本帶領皆個身軀
在茨裡做王

正跤現此時
著親像一條加出來的尾溜
皆個熱天統該
茲爾礙逆（gai gioh）存在

從來不曾茲爾央望
皆個熱天自生命中消失

痛苦　恬恬
休養　修練
骨折的跤耐性等待
一個神聖的時刻
在地面碴出
頭一個愛的印仔

2016.07.13

鞋

鞋是監牢抑是皇宮
或者是跤的皇冠？

鞋櫃擺兩雙
失去體溫的懸踏涼鞋

妳一向干單看鞋
無看到跤
妳誠愛鞋
想欲挈鞋出去看世面
不想欲予鞋一直蹛在鞋櫃

或者一直罰企在土跤

有的鞋驚歹去予妳放捒
有的鞋希望家己會飛天
有的鞋比妳較出名
有的鞋堅持寸尺佮碇度
妳欲體貼鞋抑是予鞋來適應妳？

人魚公主
注定穿未合灰姑娘的玻璃鞋

2016.07.13

畫面
——致芙烈達·卡蘿*

倒在病院病床
我的形影參芙烈達·卡蘿的影像
不斷相疊
恰如紙面印刷不良的
兩隻蝴蝶

妳有一雙上好的手佮不幸的跤
我只愛妳的手無愛妳的命運
妳靠一枝畫筆超越現實
假使妳有無共款的人生
妳會畫出什麼款的世界

妳的畫予我心痛又復愛
在妳真厚的色水中我感覺到無法度喘氣
妳自畫像內底兩徂相親的粗目眉
我希望遐是會當載妳
飛離開命運軌道的一雙翅股

我無法度偷提妳的手
也無複製妳的愛情或者人生
不過當咱統無笑的時
咱有儂爾親像
一蕊拒絕褪色的土生玫瑰

隔一層布簾

傳來隔壁床一個查某人

抗議雙手被綑綁的哀叫聲

我雄雄感覺伊的命運佮妳足共款

伊堅定的目色

就是妳的目色

*芙烈達·卡蘿（Frida Kaho，1907年7月6日～1954年7月13日）
　墨西哥畫家。

2016.07.13

分割

我且（na）看撞歹的跤腿
且對命運講
佳哉沒撞歹
明仔載的日頭

時間分割
一塊日頭炎炎的早起時
一塊忽然間落大雨的下晡
一塊騎鐵馬去開會的日時
一塊倒在急診室等待開刀的暗暝

城市分割
病房外屮生日雞卵糕店
病床正屮兩床骨科老患者

人生分割
一床的病人
歡喜辦出院
二床的病人
等待換去被日頭親到的病床

二床九十外歲老阿媽
連鞭活在現實連鞭活在歷史
有時佮人講話有時講予家己聽
有時講予人聽也講予家己聽
連鞭唱日本歌連鞭唱台語歌子戲
有時捲舌對外傭講半句華語
不知伊的世界被分割做幾塊

老阿媽不時在講話
注我引渡到伊意識流的世界
予我會當暫時走離開現實

老阿媽一直講無停

雙手不要被人綑綁的願望

老阿媽怨嘆

神明臭耳郎沒聽見老人的心願

2016.07.14

助行器

開刀住院
行路靠助行器
人生只偆
由病床到浴間一條路

隔壁床阿媽
用腳踢用呸嘴瀾反抗被綁
一遍復一遍求神求佛求觀音媽菩薩放開雙手
連我這個骨折的病人經過
也被伊苦苦哀求

有時阿媽的祈禱被眾神聽見
外傭用輪椅揀阿媽到樓跤迺（se）一輪
阿媽轉來病房的時謝天謝地
感謝外傭挈伊到美國耍一遭

出院的時
我舉枴仔上救護車
跤是身軀的助行器
枴仔是跤的助行器
救護車是枴仔的助行器

助行器
只會當在現實的土跤找路
復較厲害的助行器
也根本逮未著九十二歲阿媽
遐爾豪（gau）想

2016.07.14

被人偷提去的

面冊　鐵馬　每禮拜固定的聚會
日頭光　西北雨　窗子外開真艷的阿勃勒
所有會當預測的日常
一目睭煞變夠料想未到（kau）

自一個軌道被人撞到另外一個軌道
自一粒星球被人撞到另外一粒星球
我感覺被人偷提去一段人生

出院轉來茨了後
只偆一條路

由企家到病院
人生的祕密路程佮境界
統禁止我通行

親像釘入大腿的三支鋼釘
固定股骨不會使移動
生活歪簛持斜的時　我用詩來平衡
人生無味的時　我用詩來調味
愛情空白的時　我用詩來加添色水

一個意外的六月天
一個遺失的熱天
我真需要詩來給我急救

2016.07.14

一個人的旅行

一個人
會當旅行到撒哈拉沙漠
我干單會當旅行在一條
茨附近每日該經過的街路

一個人
會當旅行到冰天雪地
我只想欲旅行
在詩人小小溫暖的心房

通常

我統是家己去旅行

在我充滿日頭光的房間內

現在我遂到

附近卻生份的所在

病院的病房

我人生旅途的小站

有的人的起站或者是終站

因為意外

我雄雄來到茲

佮人意外相抵

切斷一切日常習慣
時間變長落落歹忍受

我打拚揣
予我未記得人在病院的景點
隔壁床老阿媽不時傳來
佮人佮神佮空氣對話
我無意中闖（chong）入去
阿媽滿滿是神話色彩的有聲書世界

病院意外變成現身說法的故事館
耳孔是故事採集器
我的看護變成講古的人
注講未完的故事
填滿我發生事故的黑色時間

雖然我愛聽故事
不過我無愛這個故事館

2016.07.26

四跤同齊

雙跤佮兩跤柺仔
必須協調出
袂跋倒的平衡點
袂慣習佮柺仔合作的雙跤
必須改掉天生孤僻的癖性

內心央望飛
飛天晉前該先會曉行
行路晉前該先會曉徙振動
親像抵才出世的牛仔囝真困難企起來
踏出顛來倒去的頭一步

培養四跤同齊聯動

失眠的跤在客廳練習

欲安怎適當進退

欲安怎才袂左右為難

醫生講受傷的跤不可甚出力

到底要下幾分力

親像講話輕重共款歹準節

會曉思考的跤必須能屈能伸

配合正直的柺仔挃路

熱天半暝

雙跤踏出一片水蛙聲加蟲聲

暗暝天頂的新月

斟酌聽我半暝上蓋慢板的四跤同齊振動

每徙一步背後

有若濟肢骨的關愛

有若濟雙手的努力啊

2016.07.29

跪

為著終歸尾會當跪落去
我跪落祈禱
感謝主

跪在眠床
恰如飄浮在雲頂

失去跪落去的能力
跤才開始思念彎跤頭趺的姿勢

查甫人向查某人求愛

雙跤一下跪落

引起親友團歡呼

跪的力量贏過有嘴講屈無漉

跪落去

親土跤

鄉愁得到疏解

跪落去

真心懺悔

注心內罪惡的石頭
摔予神父

跪落去
向天向地講多謝
予天予地復較疼痛妳

跪落去呀
跪落去的可能是主人
不是奴隸

2016.07.29

熱天時

我被兩支枴仔夾牢
關在公寓三樓

透早起來的查甫查某
在窗仔外公園糾筋練太極拳
一隻黑貓行過草埔
親像做眠夢咬去一屑仔早起時間
熱天像濛霧
慢慢仔徙走

我䐉（the）在眠床頂吹冷氣
親像一欉倒去的仙人掌
日頭光硬欲鑽窗入房
欲予我曝日
一隻曝到頭眩目暗的粉鳥
飛來撞窗仔

聽講風颱欲復來矣
我耳孔斟酌聽
不知是冷氣機在喘氣
抑是風雨在啼哭

日時恬恬看阿勃勒
風雨中親像黃色蝴蝶揚揚飛
暗時燈下樹葉仔搖振動
一片神祕的水影

我央望風颱莫搶農民的果子
請掃清我心頭妄想的雲
我旁觀一切景象
畫面漸漸褪色變成無聲的黑白片

我日夜攬抱平板電腦談戀愛
用指掌在面板畫圖字
平板變成我上熟的拍面

熱天
請為我開最後一蕊紅玫瑰

2016.08.01

從來不曾茲爾專心

開始訓練受傷的跤用力
從來不曾茲爾專心
茲爾有意識
在無地標的室內行踏

從來不曾茲爾數念
懸踏鞋的高音
踏出美妙的節奏
對健康雙跤的謳樂

從來不曾茲爾央望
予我的笑容
打扮你拋荒的夢

一步一步
延伸一條透去你遐的道路
一個碎步一個碎步
順勢收復失土
雖然我的領土
只是由茨到菜市仔爾爾

從來不曾茲爾

茲爾央望收復金色日頭光

玫瑰花香

以及一隻黑貓

對我生命交關的央望

2016.08.03

新生活

受傷的跤轉來樸實的生活
無黑絲襪仔佮茄色的懸踏鞋
干單一雙淺拖

嘴舌不識菜肉味
只偆流質佮果子

身體放捨旗袍洋裝
偆T恤佮短褲

栁仔挈我

在地板搢出

柔情復豪爽的馬蹄聲

耳孔暫時惜別交響曲

揣到弦仔講心聲

意志軟弱的時

隱形的翅股斷去的時

就倚靠上帝

披頭散面的頭鬃
在度減法的新生活

2016.08.04

為著……

我每一步
統在倚近你

你迎向光
是若爾著急
你逃避風颱雨
是若爾迫切

你不是安爾的人
是骨折的關係
予我誤解你

我安爾講
還是
為著倚近你

我甘願背向光
蹌轉去風颱雨
攬抱你

2016.08.04

骨頭冇

骨折了後
每工補充鈣片佮骨粉
希望骨頭恰如鐵筋

我盡量企挺挺
親像一欉
骨頭碇硞硞
有自信的神木
通過暴風雨的考驗

2016.08.04

我足想欲

我舉枴仔
無法度佮你耍
匿相揣

我足想
足想欲趁你無注意
由你後壁拍你肩胛頭
看你想欲生氣
復不敢生氣
不過我的枴仔會出聲
破壞這個作逆

偷偷仔倚近你
是我天大的趣味
今矣我只會當戴痟鬼子殼
公然倚向你

2016.08.05

練習行路

專心練習行路
雙跤生做恰如兩粒佛珠
免復趕路或者被路人趕
雙跤移動
是一種行動禪

專心园在行路
感覺地面
受到溫柔按摩
親像在談戀愛

注地面準作稿紙
跤在頂面思考
行過風風雨雨
用象形文字表達

我當在練習行路
親像我不曾行過路共款
抵到我
你不免讓路
因為我當在練習
正常行路

2016.08.06

跤步聲

予迷人的跤步聲
進入去夢中
掩蓋骨折的聲

情人的跤步聲倚近
因為歡喜遂緊張
情人的跤步聲逼近
趕走惡夢帶來平安
情人的跤步聲離開
雄雄失去倚靠感覺無限驚惶

打獵的人戴著情人的痷鬼子殼
發出獵物的氣味

跛犟領我的身軀離開你
心留在原地
一遍復一遍讀你
曖昧的跛步聲
到底你是情人
還是打獵的人

由我來來去去的跤步
你到底讀識甚麼聲

2016.08.06

跋步暫停

跋步暫停
為著行復較長復較遠的路
也可能在找復較近復較嬌的路

暗路歹行
危險的路歹行
思想的路歹行
人情世事的網路寸步難行

迺路迴避情路
遂予路標戲弄

逐條道路通羅馬
行路　騎車　坐飛行機
無一條通向你的路

總是在路的尾溜幹頭看
不知敢該行倒轉
總是在十字路口停落來
被青紅燈決定前途

無閒的跛行過狹少路
睛盲的跛逮過狹少跛步
麻痺的跛有偌濟路是為著家己行

時間有時瞬將舊路抹消
將頭前的路封死
假想的翅股趁遮時機飛走

2016.08.07

熱天暗時的夢

日時避下
暗時無出去
我在家己的洞內閉關

夜行性的動物
佇有風的熱天暗時
佇暗朔朔的巢穴
行來行去訓練腳力
枴仔是我有力的擁護者

骨折——陳秀珍台華雙語詩集

我看見窗仔外公園
每晚在燈下散步的查甫人
散步的查甫人卻看未著我

親像一場眠夢
我看到你
你遂看未到我的夢

2016.08.09

你在何位

倒下　夢你
坐下　想你
企起來　想欲行向你

倒下眠夢　看見你微微矣笑
坐下想你　聽到你喘氣
企起來行去揣你　不知該行去何位

唉
倒轉去夢中問你
你到底在何位

跤未記下家己骨折
無法度落樓梯

2016.08.09

軌道相接

照電光看到
腿骨有一公分的劈痕
我受傷的跤
無法度跨過
佮正常生活軌道相接

所有打拚佮打拚歇睏
全是為著欲佮正常的生活軌道相接

我貪睏眠
因為在夢中才會當抵到你

若準夢佮現實會當無縫相接
睏醒起來就看到你
用無契去的雙眼對我金金相
我會分袂出是在做夢抑不是

親像欲攬抱一粒欲沉落去的日頭
彼是求之不得的幸福

2016.08.10

二泉映月

恰如有一條暗中的線
牽引我走揣佮心相連的聲音

阿炳的弦仔聲
恰如發源自古早時代
暗迷濛的廟埕
或者是親像盲腸的小巷

阿炳佮我統無想到
伊挨弦仔聲會傳到六十外冬後
一對迷著西方古典音樂的耳孔

神祕的哭調子

碎心的弦仔線

像伊在世間起起落落的生涯

憂愁一層一層累積

憂愁一層一層融掉

終歸尾發出水上映月

恬靜的聲音

阿炳的〈二泉映月〉

分明挨我的心肝弦仔

予我未記得股骨

有一公分的傷痕

2016.08.10

自轉

電光每個月斟酌看　翕相　記錄
對我觀察入骨
電光親像姊妹仔伴共款
關心我

我必須
學習無拒絕坐輪椅
該學會曉感激有你替我揀輪椅

假使我若重到
親像一粒石頭
請你放手離開

一台輪椅

必須向地球學習

家己轉動

                                        2016.08.10

微微矣痛

醫生注三支鋼釘
釘入我跤腿內固定股骨
想到外來物侵入體內
我的跤腿就微微矣痛

是啥人注你釘牢佇我心肝內
予我堅強的心微微矣痛

總有一工
我欲挽掉你的形影
親像挽掉跤腿內三支鋼釘

我無應該予家己慣習
彼種微微矣的痛

挽掉你形影的想法
竟然予我的心
微微矣微微矣痛

2016.08.10

苦行

在客廳來來去去練習行路
除了頭一徂（choa）
其他統是在行回頭路

一場小小的苦行
親像想法共款
明明想欲向前行
遂有一種莫名其妙的力量
揪人行入歷史的死巷

埋在歷史的
粉紅色微微矣笑

深藍色的目水（sai）
是前進的助力抑是阻力

熟悉的回頭路
是搖來搖去的浮島
我步步驚惶
因為骨折
新的孔嘴
袂堪得復再一回（Pai）跋倒

2016.08.11

佳哉

佳哉還有一旁是好跤
帶領受傷的跤起床
幫助受傷的腿復健

佳哉沒傷著手
手舉柺仔
代替受傷的跤四界行踏

萬能的手若受傷
跤無法度代替手畫圖做陶瓷（hui a）
無法度代替戀人獻花寫情詩

房間是身軀的監牢
身軀是靈魂的監牢
堅固的監牢
卻是健身房

2016.08.11

柺仔的幸福

相依相偎將近兩個月
強欲變成我的身軀
四跤助行器
恬恬企在壁角

兩跤柺仔
終歸尾也會行入歷史的壁角

我真甘願變成一支柺仔
陪你渡過危險的江湖
行出黑暗的歷史

被你的手痕貼身
被你溫暖的手捏絃絃
是柺仔的
幸福

2016.08.11

內面的風景

變成被人扛入病院的尪仔
在手術房經過半身麻醉
隨在醫生手術骨傷

橡乳尪仔斷跤斷手
一蕊目珠不會睏目
查某囡仔用有限的醫術治療
用心理醫師的口氣安慰
「乖乖，袂痛！」

進病院的病人

感覺家己是

被人編號修理的故障品

健康的指標是醫生

醫生佮病人

恰如大樹佮藤仔

病人手術好了後

變成一個聽診器

無意中聽到

好跤好手的上蓋好醫生

心內有滯一位
需要囝仔安慰的查某囡仔

2016.08.13

兩個時鐘

窗仔口

親像電視大銀幕

公園內啥時瞬清潔工來掃樹葉

啥時瞬孝子來趖流籠

啥時瞬喊玲瓏兮來賣雜什

啥時瞬水蛙在哮

啥時瞬查甫人來燈跤下散步

恰若早就寫好的劇本

你我親像兩個

無共款刻度的時鐘

啥人也無法度調整啥人
恰若是無法度改變的劇本

熱天開花的阿勃勒
連一片花瓣也不留給秋天
作紀念
台灣欒樹結黃絲帶
苦苦等你來

懷抱希望的等待
是一粒仙丹

予戀人為著等待

一直活落去

不管先來的是天堂

抑是愛情

2016.08.13

頭毛

時間注短頭毛飼長
煩惱注黑頭鬃染白
無勇壯的跤可落樓梯
只好隨在頭毛亂發
跤無法度行踏
就用長頭鬃跳舞

我臆你較合意揚來揚去的長頭鬃
不過我較愛輕鬆的短頭毛
等我會當去剪頭鬃的時瞬

就妥協
剪一個無短無長的頭毛

彼時瞬
甘會咱兩人統合意
抑是咱雙方統討厭？

2016.08.15

變形

久久袂行的跤
連出力也伸袂直
金金看這支小可彎曲的跤
煩惱敢會當恢復正常

久久無連絡的愛情
敢也會變形
變作無法度預測的款勢

用久久無使用的跤
在街仔路慢慢仔跛
柺仔遂被後壁的人撞到

痟的世界
有痟的流動
一旦速度逮袂著
就會被大水沖流去

起痟的愛情
雙人欲安怎久久維持
共款起痟的速度？

2016.08.17

路歹行

我的跤
試復再踏上舊街路
懦跤步揣袂著一段好路
無力的跤只有復較危險復較歹行的路

在十字路口躊躇
目珠看耳孔聽細膩分清楚
何一條路無猛虎
何一條路無爛溝糜
何一條路無陷阱
何一條路有可能春風來相送

聽講每一條路統通到羅馬
不過
你並無滯在羅馬

2016.08.19

Blue

不是我
是有另外一雙手
揀開你

不是我
講不愛你
是有另外一支嘴
借用我的聲音

自從這個世界
升起藍色的旗仔

藍色就親像一領束衣束綁我
藍色色素滲入我紅色的血
自稱是我的純正血統

藍色霸佔我
注我藏入去陰影
叫我閃避日頭

藍色愛我
愛入骨髓

不過我唯一愛的藍色
是暗戀日頭的藍玫瑰

2016.08.19

龜過車路

兔仔佮龜比賽跑
不知該為兔仔抑是龜加油

我懷疑龜暗中動用催眠術
致使兔仔在比賽途中睏到死死昏昏去

我抵好在街路
舉一支枴仔
搶在紅燈出現晉前
安全過車路

親像一隻龜
佮青燈內底的青弄仔比賽行路
我苦未著催眠皆條車路
予龜有幾分鐘仔
變作兔仔的爽快感覺

2016.08.22

龜兔走相逐

現此時若揮掉柺仔
身軀就有兔仔的氣勢
跤遂干單有龜的實力

在分秒必爭的人行道
我親像被人放走的龜

就算無走相逐
龜佇車路
也完全無睏龜的本錢

我的左跤是兔仔

正跤是龜

若是予伊等走相逐

啥會贏

2016.08.22

起步

咱兩人中間的距離
若是沙漠
我會親像駱駝
背著沉重的回憶
行過荒地

咱兩人中間的距離
若是海水
我會克服對水的驚惶
拚命向你泅去

我設想

我每一跂步

統在縮短佮你的距離

我是安爾在抵抗跂的無力

假使你也在原地相等

或者你也一步一步行向我

我忍受跂痛向你行去

假使你當在反向背離

目水（sai）和吐大喟

將會變作我一生
無法度跨越的距離

時間當在催我
趕緊起步

2016.08.23

枴仔佮紅玫瑰

我雙手舉枴仔行路
假使現此時你送我紅玫瑰
我無加出來的手可好接受
除非注枴仔撙掉

枴仔是我身軀的一部分
玫瑰是我心內所意愛
啊　兩項無法度同時佔有

除非

你同意做我必要時的柺仔

安爾我就做你一世人的紅玫瑰

2016.08.29

迷航

我也愛在雨中霧中散步
不過現此時請勿落雨或者起霧

我已經在當旦白日迷航
在愛情內底找未著羅庚
若有雨抑是茫霧
干單會予我復較緊張

誰會當指點我
一個正確的方向
親像燈塔共款

較早我真氣教科書和答案卷
統是予我唯一的答案
現在我懇求
唯一正確的風向

因為
我骨折
無法度行冤枉路

2016.08.30

斟酌看愛情

斟酌看愛情
由火焰中出生
斟酌看愛情
在火焰中化去

愛情
一點點仔一點點仔
消逝去　你的目珠
消逝去　你的耳孔
消逝去　你的鼻仔
消逝去　你的嘴舌

消逝去　你的身軀
消逝去　你的心

斟酌看火焰化作火灰（hoe hu）
由火灰行出
一個無骨折的我

2016.08.30

保持在等待中

用骨折的跤行路
感覺地球歪去
有淡薄仔酒醉頭暈
有一寡寡戀愛的妄想

在等待中看到愛情
在愛情中等待
等待是一徂（choa）光
予明仔載充滿希望

找盡各種理由

予家己保持

在等待的循環中

等待骨折治療好

每工佮家己講

骨傷當在穩穩矣好起來

不會留落來痛的症頭

一直等等袂煞的中間

每工佮家己講

等待是會值得
等待的人終歸尾會出現
不會留落來心酸的症頭

等待結束
到底是希望完成
抑是希望破滅
等待中有央望摻目水（sai）
是比甚麼統復較真實的存在感

2016.08.31

骨質

骨頭碇度
用機器測量
骨質流失
吃骨粉補轉來
骨頭劈痕
手術固定予伊袂徙位

愛情的甜度
敢有儀器可測量
愛情流失
欲安怎彌補

愛情若有劈痕
欲用甚麼來和好

不曝日的人
容易骨頭疏軟
陰影中的愛情
暗暝中的愛情
敢也應該經常曝日頭

骨頭疏軟的愛情
穿一身軀嬌衫
也袂堪得跋倒

2016.08.31

湖佮河

心內一遍復一遍向你告別
身軀還是留在原地
親像湖

以前滿意家己
是幽靜的湖
映照恬靜的你

你終歸尾是一條
無安定的河

流過我的地盤
去揣海洋的澎湃

湖敢會當突破家己的境界
變成河流或者大海？

2016.08.31

行袂開跤

一開始
妳行袂開跤
親像碇硞硞的大石頭
親像骨折的我

了後我看妳恰若流浪貓
在一叢樹跤
一輪復一輪踅來踅去
一日過一日

最後
一瞬捲蛟螺
將妳由夢中徹底吹走

妳還在寫詩
欲補滿每一個空白的日子
抑是妳的痛已經完全好矣

大腿骨折
我寫詩止痛

希望我佮妳

不是干單為著痛在寫詩

2016.08.31

讀詩人117　PG1759

 骨折
　　——陳秀珍台華雙語詩集

作　　　者	陳秀珍
譯　　　者	李魁賢
責任編輯	林昕平
圖文排版	周妤靜
封面設計	楊廣榕

出版策劃	釀出版
製作發行	秀威資訊科技股份有限公司
	114 台北市內湖區瑞光路76巷65號1樓
	電話：+886-2-2796-3638　傳真：+886-2-2796-1377
	服務信箱：service@showwe.com.tw
	http://www.showwe.com.tw
郵政劃撥	19563868　戶名：秀威資訊科技股份有限公司
展售門市	國家書店【松江門市】
	104 台北市中山區松江路209號1樓
	電話：+886-2-2518-0207　傳真：+886-2-2518-0778
網路訂購	秀威網路書店：https://store.showwe.tw
	國家網路書店：https://www.govbooks.com.tw
法律顧問	毛國樑　律師
總 經 銷	聯合發行股份有限公司
	231新北市新店區寶橋路235巷6弄6號4F
	電話：+886-2-2917-8022　傳真：+886-2-2915-6275

出版日期	2018年11月　BOD一版
定　　價	320元

Printed in Taiwan

國家圖書館出版品預行編目

骨折：陳秀珍台華雙語詩集 / 陳秀珍著；李魁
賢譯. -- 一版. -- 臺北市：釀出版, 2018.11
　　面；　公分. -- (讀詩人；117)
BOD版
ISBN 978-986-445-292-7(平裝)

863.51　　　　　　　　　　107017555

讀者回函卡

感謝您購買本書,為提升服務品質,請填妥以下資料,將讀者回函卡直接
回或傳真本公司,收到您的寶貴意見後,我們會收藏記錄及檢討,謝謝
如您需要了解本公司最新出版書目、購書優惠或企劃活動,歡迎您上網查詢
或下載相關資料:http:// www.showwe.com.tw

您購買的書名:＿＿＿＿＿＿＿＿＿＿＿＿＿＿＿＿＿＿＿＿＿＿＿＿

出生日期:＿＿＿＿＿＿年＿＿＿＿＿＿月＿＿＿＿＿＿日

學歷:□高中 (含) 以下　　□大專　　□研究所 (含) 以上

職業:□製造業　□金融業　□資訊業　□軍警　□傳播業　□自由業
　　　□服務業　□公務員　□教職　　□學生　□家管　　□其它＿＿＿＿

購書地點:□網路書店　□實體書店　□書展　□郵購　□贈閱　□其他

您從何得知本書的消息?

　□網路書店　□實體書店　□網路搜尋　□電子報　□書訊　□雜誌
　□傳播媒體　□親友推薦　□網站推薦　□部落格　□其他＿＿＿＿＿＿

您對本書的評價:(請填代號　1.非常滿意　2.滿意　3.尚可　4.再改進)

　封面設計＿＿＿　版面編排＿＿＿　內容＿＿＿　文／譯筆＿＿＿　價格＿＿＿

讀完書後您覺得:

　□很有收穫　□有收穫　□收穫不多　□沒收穫

對我們的建議:＿＿＿＿＿＿＿＿＿＿＿＿＿＿＿＿＿＿＿＿＿＿＿

＿＿＿＿＿＿＿＿＿＿＿＿＿＿＿＿＿＿＿＿＿＿＿＿＿＿＿＿＿＿＿

＿＿＿＿＿＿＿＿＿＿＿＿＿＿＿＿＿＿＿＿＿＿＿＿＿＿＿＿＿＿＿

＿＿＿＿＿＿＿＿＿＿＿＿＿＿＿＿＿＿＿＿＿＿＿＿＿＿＿＿＿＿＿

11466
台北市內湖區瑞光路 76 巷 65 號 1 樓

秀威資訊科技股份有限公司　　　收

BOD 數位出版事業部

┄┄

（請沿線對折寄回，謝謝！）

姓　　名：＿＿＿＿＿＿＿＿＿　年齡：＿＿＿＿　性別：□女　□男

郵遞區號：□□□□□

地　　址：＿＿＿＿＿＿＿＿＿＿＿＿＿＿＿＿＿＿＿＿＿＿＿

聯絡電話：(日) ＿＿＿＿＿＿＿＿＿　(夜) ＿＿＿＿＿＿＿＿＿

E-mail：＿＿＿＿＿＿＿＿＿＿＿＿＿＿＿＿＿＿＿＿＿＿＿